AF206006

Matthias Gundel

Die Abenteuer von Arie und Rike

Kurzgeschichten zum
Schmunzeln und Nachdenken

Impressum

Bibliografische Information der Deutschen Nationalbibliothek:
Die Deutsche Nationalbibliothek verzeichnet diese Publikation in der Deutschen Nationalbibliografie; detaillierte bibliografische Daten sind im Internet über http://dnb.dnb.de abrufbar.

© 2022/2023 Matthias Gundel

Lektorat und kreative Begleitung:
Martina Gundel

Herstellung und Verlag:
BoD – Books on Demand, Norderstedt

ISBN:
978-3-7481-4428-1

Arie, Rike und die alten Nussbäume

Ein herrlicher Frühjahrsmorgen war es heute wieder. Die Sonne blinzelte schon ganz bald am Horizont, denn auch sie wollte die gerade begonnene Jahreszeit ganz besonders genießen.

Nach einem so langen und kalten Winter tat es nicht nur den Menschen, sondern auch den Tieren gut, die Wärme und das ausgiebige Tageslicht zu spüren.

So erging es auch dem Storchenpaar Arie und Rike, die sich seit Kurzem wieder auf ihrem Schlot am leerstehenden Fabrikgebäude in der Nähe des früheren Güterbahnhofes niedergelassen haben.

Heute drehten sie wieder in voller Läge ihre Flugrunden durch die Lüfte. Auf ihre Rückkehr zu ihrem mittlerweile liebgewonnenen Domizil haben sie sich schon sehr lange gefreut.

Mit Arie war etwas Unbeschreibliches geschehen. Der Storch konnte es sich gar nicht richtig erklären. „Meine Flügel sind so leicht und unbeschwert. Mir ist, als ob ich wie von selbst durch die Luft getragen werde.", dachte der Storch leise vor sich hin.

Ihr gemeinsamer Freund, der aufmerksame Rabe Rodolfo, hat die Rückkehr der beiden Störche ganz schnell bemerkt. Es verging kaum eine Stunde, als dass Rodolfo dem Storchenpaar einen ersten Besuch abstattete.

In vertrauter Runde sprachen die drei über ihre Erlebnisse in den letzten Monaten. Rodolfo spürte, dass Arie etwas beschäftigte. Anders als sonst machte der Storch einen unruhigen Eindruck und war nicht wie sonst die Gelassenheit in Person.

Rike hingegen lauschte den Erzählungen des Raben ganz genau und bemerkte von dieser neuen Situation zunächst gar nichts weiter. Sie war allerdings ebenfalls sehr glücklich und genoss dieses Gefühl besonders.

In einem unbemerkten Augenblick flüsterte Rodolfo zu seinem Freund: „Wenn dich was beschäftigt und du reden willst, flieg doch einen kleinen Umweg über die alten Nussbäume im nahen Garten". Arie nickte unauffällig und nahm das Angebot sehr gerne an.

Während Rike ihren Arie zum Sammeln von allerlei Material für ihr Nest sandte, ruhte sie sich in der warmen Mittagssonne aus. Arie nahm dies zum Anlass, um den Raben Rodolfo zu besuchen.

Den Garten mit den beiden großen Nussbäumen konnte der Storch gar nicht verfehlen. Dieser war schon seit jeher ein begehrter Anlaufpunkt, wenn es um das Sammeln von Gras, Blättern oder kleinen Holz für den Nestbau ging.

Arie landete auf einem etwas größeren Ast von einem der alten Nussbäume. Was er dann zu sehen bekam, kam ihn für ein paar Sekunden wie eine echte Achterbahnfahrt zwischen Freude und Neugierde vor.

Rodolfo saß nicht alleine auf dem benachbarten Nussbaum. „Ihr Männer wollt sicherlich unter euch sein, wie ich die Sache so einschätze.", sprach die Räbin, die neben dem Freund Rodolfo saß.

„Nein, nein, ich bin…", begann der Storch zu stottern. „Schon gut, meine Liebste. Wir machen es so, wie ausgemacht.", entgegnete Rodolfo sanft und einfühlsam. Seine Freundin flog weg und beide hatten nun die Gelegenheit zu einem Gespräch.

„Was liegt an, Arie?", fragte der Rabe direkt heraus und wollte seinen Freund dazu bewegen aussprechen, was ihn so beschäftigt. Der Storch war anfangs noch etwas unsicher, berichtete dann aber Rodolfo ganz ausführlich. „Mein lieber Freund, ich weiß nicht, wie ich es beschreiben soll. Irgendwie ist da ein ungewohntes Kribbeln. Ich fliege viel leichter und immer, wenn ich zu Rike zurückkehre, ist das Gefühl äußerst warm und wohlig. Also…", begann Arie zu erzählen.

An dieser Stelle unterbrach ihn Rodolfo mit den Worten: „Du bist eben ganz stark verliebt. Liebe ist das schönste und wertvollste Gefühl und Geschenk auf der Welt. Man kann es nicht richtig in Worte fassen. Habe ich mir schon gedacht.", sprach der Rabe weiter.

„Ver… Was?", fragte der Storch verwundert und etwas naiv nach. „Verliebt! Verliebt! Arie ist verliebt!", unterstrich Rodolfo seine kurzen Worte. „Und du: Bist du etwa auch verliebt?", fragte Arie im Gegenzug nach.

„Na klar! Hast du sie nicht gesehen? Meinen allerliebsten Schatz. Haben uns hier auf den alten Nussbäumen in diesem Garten kennengelernt. So ganz durch Zufall. Zuerst haben wir immer den Mittag gemeinsam verbracht.", schwärmte Rodolfo.

„Seit Kurzem verbringen wir unsere Zeit komplett zusammen. Herrlich, mein Freund!", fuhr der Rabe fort. Arie war sich zu diesem Zeitpunkt sicher, dass es ihm genauso ging. Was für ein Glück, dass er Rike hatte. Beide kannten sich schon lange, aber ihre Liebe ist einmalig wie am ersten Tag.

Während beide Freunde in den alten Nussbäumen so für sich über die Liebe philosophierten, flog die Räbin mit Namen Rudmilla zu Rike auf den Schornstein. Auch die beiden sprachen von diesem besonderen Gefühl. Rudmilla war äußerst clever und konnte daher Rike auch die Einmaligkeit der Liebe sehr gut erklären.

Tief in ihren Gedanken und Gesprächen versunken, neigte sich der herrliche Frühlingstag langsam dem Ende entgegen. Arie und Rodolfo folgen gemeinsam zum Rike und Rudmilla. Alle vier Freunde waren noch lange zusammen und haben ihr unbeschreibliches Glück miteinander geteilt.

Rodolfo war bekanntermaßen ein Rabe, der zu fast jedem Anlass auch immer die passenden Worte fand. So sprach dieser zu seinen beiden Freunden und Rudmilla ein paar Gedanken.

„Meine Lieben, genießt es, wie es ist. Wir sind von der Liebe getragen und ein gegenseitiger Halt im Leben. Die Liebe macht uns unverwundbar. Wir sind dankbar für diese Erfahrung und auch für alles andere, was unser Leben so besonders macht."

Die Sonne war schon fast am Horizont verschwunden, als Rike noch einige Worte ergänzte: „Bewahren wir unser Glück und sind gleichzeitig auch für Neues aufgeschlossen."

Immer, wenn die vier Freunde an den beiden alten Nussbäumen vorbei flogen oder sich darauf niederließen, erinnerten sie sich bewusst an das wertvolle Gefühl der Liebe, das ihnen in ihrem Dasein einen ganz besonderen Sinn schenkt.

Arie, Rike und die Uhr der Erkenntnis

Es war ein herrlicher Sommerabend, den Arie und Rike zusammen mit dem Raben Rodolfo auf ihrem Schlot verbrachten. Nach einem erlebnisreichen Tag wollten es sich die drei Freunde heute ein leckeres Abendessen italienischer Art machen. Leider fehlte aber die Hauptzutat…

„Das ist doch wirklich nicht mehr normal. Nicht nur die Menschen sind unzufrieden und hektisch, sondern es gibt auch keine Nudeln mehr.", ärgerte sich Rike und überlegt mit Arie und Rodolfo nach einer sinnvollen Alternative für das Abendessen. Leider bleib diese erfolglos, dafür haben sie sich bei einem gemütlichen Gespräch den atemberaubenden Sonnenuntergang angesehen.

Schließlich bemerkte Rike: „Wisst ihr, was ich noch viel schlimmer finde? Keiner interessiert sich mehr für den anderen. Alle sind nur noch genervt und ich denke, dass niemand auch mal der Sache auf den Grund gegangen ist." Eine Weile voller Schwiegen stellte sich nach diesen Worten ein.

„Vielleicht sollten wir mal unsere Kuh Elsa fragen? Die hat doch sonst auch immer eine passende Antwort. Wer weiß, dann hören wir bestimmt eine klare Lösung dieses Problems", dachte der Rabe Rodolfo laut vor sich hin. Seine beiden Freunde stimmten ihm umgehend zu. Sie freuten sich darauf, am nächsten Tag zu Elsa auf die Weide zu fliegen. Kurz nach dem Krähen des Hahnes in der Nachbarschaft machten sich die drei auf den Weg, denn sie wollten beim besten Willen keine Zeit mehr verlieren. Zeit ist heutzutage eines der wertvollsten Dinge, die es gibt und die gilt es stets gut und sinnvoll zu nutzen.

Als Arie, Rike und Rodolfo auf der Weide angekommen waren, waren da zwar eine Menge Kühe, aber eine fehlte: Ihre Kuh Elsa. Am Gatter hing schon die eindeutige Nachricht: „Bin dann mal weg." Stand in großen Buchstaben geschrieben, denn Kühe können zwischen Groß- und Kleinschreibung leider nicht unterscheiden.

Die drei Freunde fragten die anderen Kühe nach genaueren Infos über das Verschwinden von Elsa. Anfangs haben sie leider nicht allzu viel erfahren, bis die Kuh Erwin einen entscheidenden Hinweis gab. „Wir haben hier noch einen weiteren Zettel von Elsa, aber keine Ahnung was damit gemeint ist."

Rodolfo nahm das Blatt an sich und legte es behutsam auf eine freie Fläche im Gras. In großen Buchstaben stand dort geschrieben:

FOHNHAB MENIE NA NEGÜZ NOV TRHAFBA RED DNU TFNUKNA RED TIM EIW SE TIS NENOITAMROFNI NEMIEHEG HCAN.

TSI NEGNAGEG NEROLREV KRATS ZNAG ELIEWRELTTIM SAD, NEREDNA RED NEKNED NEGIDNÄTSNEGIE DNU KNHCSIGOL MED HCAN EHCUS RED FUA NIB HCI.

:NIB HCI OW, TLLOW NESSIW RHI SLLAF, EDUERF EBEIL.

Rodolfo weiß durch seine Freundschaft mit der Navigeule Antasi, dass der Meisterdetektiv Willibert Wiesel ein Experte im Entziffern von geheimen Botschaften ist. Der Rabe hat diesen sofort aufgesucht und unmittelbar die Übersetzung erfahren:

LIEBE FREUDE, FALLS IHR WISSEN WOLLT, WO ICH BIN: ICH BIN AUF DER SUCHE NACH DEM LOGISCHEN UND EIGENSTÄNDIGEN DENKEN DER ANDEREN, DAS MITTLERWEILE GANZ STARK VERLOREN GEGANGEN IST.

NACH GEHEIMEN INFORMATIONEN IST ES WIE MIT DER ANKUNFT UND DER ABFAHRT VON ZÜGEN AN EINEM BAHNHOF.

Kaum wurde das letzte Wort gesprochen, flogen die drei Freunde zum nahegelegenen Bahnhof, um dort nach der Kuh Elsa weiter zu suchen. Arie, Rike und Rodolfo waren allerdings mehr als überrascht, als der Bahnhof leergefegt war. Kein Mensch war zu sehen, einige Züge standen wohl schon seit Tagen auf den Haltestellen.

Einzig und alleine waren unzählige Mäuse zu entdecken, die sich scheinbar dem Bahnhof als ihr neues zu Hause eingerichtet haben. Die drei Freunde hatten zwar die Info vom Meisterdetektiv, aber wussten trotzdem nicht richtig weiter.

„Nun sind wir also doch erst am Anfang. Ich kann leider nicht die Mausesprache, sonst hätte ich mich erkundigt, ob sie die Kuh Elsa gesehen haben. Zum dumm aber auch", sprach Arie leicht verzweifelt vor sich hin.

Dabei bemerkte der Storch nicht, dass sich eine der Mäuse nicht mehr aus seiner Nähe wegbewegen wollte. Ganz im Gegenteil: Die Maus erweckt den Anschein, dass sie ihm aufmerksam zuhörte.

„Na wenn es weiter nichts ist. Ich kann euch sehr gerne helfen, meine werten Gäste", begann die Maus zu sprechen. Arie, Rike und Rodolfo schauten sich ganz verdutzt an und wussten zunächst nicht, was sie überhaupt sagen sollten.

„Wir dachten immer, dass Mäuse ihre eigene Sprache haben und uns nicht verstehen können", bemerkte Rike ganz vorsichtig.

„Weit getäuscht. Manche Mäuse haben eure Sprache auf der Maushochschule gelernt bekommen. Ich habe sogar den Numerus Mausus.", erwiderte die Maus mit Namen Oglim.

„Nun raus mit der Sprache: Hast du oder haben deine Freude unsere Kuh Elsa gesehen? Wir haben eine wichtige Frage an sie und dies kann nicht länger warten.", wollte Arie ganz genau wissen. Die Maus Oglim schaute kurz mit einem spitzen Blick und bewegte ihren Kopf leicht nach rechts.

Mäuse, die ihren Kopf nach rechts bewegen, haben meistens eine Antwort auf gestellte Fragen. „Na klar, die Kuh Elsa war vorhin hier. Hat etwas von der Suche nach Sinnhaftigkeit und Vernunft bei den Menschen erzählt.", versicherte die kluge Maus dem Raben und den beiden Störchen.

„Und jetzt? Wo ist sie jetzt", legte Rike nach.

„Jetzt ist die Kuh Elsa im großen Wartesaal geradeaus. Wir alle wollten auch gerade dorthin gehen, als ihr aufgetaucht seid. Soll wohl um die Mittagszeit etwas ganz Besonderes passieren hat Elsa gesagt.", fuhr Oglim weiter fort.

„Also nichts wie hin!", forderte Rodolfo seine Freunde und die Maus auf. Was ihnen dann geschah, war zunächst gar nicht in Worte zu fassen. Mitten in der Wartehalle stand die Kuh Elsa und mit ihr wiederum eine unzählige Anzahl von Mäusen. Im Gegenteil zu gerade eben herrschte andächtige Stille und alle schauten wir gebannt auf den großen Spiegel, der gegenüber von der mit Fenster versehenen Eingangshalle war.

„Da bist du ja endlich!", rief Arie vor Freude und wollte direkt auf Elsa zu fliegen. „Psst, psst. Jetzt bitte nicht, meine lieben Freunde. Es ist gleich zwölf Uhr. Gleich wird es passieren und wir dürfen den Lauf der Dinge keine Unterbrechung bieten", forderte Elsa alle auf, die sich mit ihr im Wartesaal befanden.

„Das Leben ist manchmal auch wie in einem Wartesaal.", flüsterte die Maus Oglim ihren neuen Freunden zu. „Mal wartet man, dass was Gutes passiert. Mal wartet man zu lange und verpasst wahrscheinlich das Beste."

Die Glocken des nahegelegenen Rathauses läuteten 12 Uhr und die Sonne schien nun ganz besonders klar und deutlich durch die Fenster der Eingangstüre. Im gegenüberliegenden Spiegel brach sich das Licht und dann wurde es sichtbar.

Alle Anwesenden schauten wie gebannt auf den Spiegel und konnten ein altes

Uhrenziffernblatt entdecken. Ungewöhnlich war die Tatsache, dass die Zeiger ganz langsam und konstant rückwärtsgingen. Am oberen Rand konnte man lesen: Uhr der Erkenntnis.

Die Kuh Elsa wusste natürlich bereits, warum die Freunde auf der Suche nach ihr waren. Sie selbst wollte auch der Lösung der Frage nachgehen, warum die Menschen das logische und eigenständige Denken aufgegeben haben. Elsa sagte dazu schließlich: „Meine lieben Freunde, hier habt ihr die Lösung zu eurer Frage: Vielleicht sollte man mal in seinen eigenen Gedanken zurückgehen, um festzustellen, was passiert ist. Möglicherweise ist es auch ganz hilfreich, wenn man sich ganz konkret auf sich und sein Verhalten konzentriert. Dann kommt hoffentlich dem einen oder anderen die Erkenntnis wie bei der Uhr und das Denken und Handeln erfindet sich neu."

Als Arie, Rike und Rodolfo am gleichen Abend zufrieden auf dem Schlot zurück waren, konnten sie dann ihr leckeres Abendessen mit Nudeln und Tomatensoße nachholen. Die Mausefreunde haben ihnen aus ihren „Schätzen" ausreichend davon mitgegeben. In der Hoffnung, dass die Uhr der Erkenntnis möglichst viele erreichen wird, genossen sie voller Zuversicht den einmaligen und herrlichen Sonnenuntergang.

Arie, Rike und der kaputte Regenbogen

In diesem Sommer gab es einen ganz besonders häufigen Wechsel zwischen warmen und regnerischen Abschnitten. Die beiden Störche Arie und Rike haben diese Wetterkapriolen von ihrem Fabrikschlot am alten Güterbahnhof sehr gut mitbekommen.

Doch irgendetwas war nach dem starken Regen anders. Arie und Rike erinnerten sich, dass bei anschließendem Sonnenschein und entsprechendem Lichteinfall ein prächtiger Regenbogen entstehen konnte. Seit einiger Zeit sah dieser allerdings immer wieder anders aus. Grund genug mit ihrem Freund Rodolfo bei einem abendlichen Besuch darüber zu sprechen.

„Sag mal, lieber Rodolfo, ist dir vielleicht auch schon aufgefallen, dass der Regenbogen stets eine außergewöhnliche Farbgebung hat? Einmal fehlt eine Farbe, dann ist die Reihenfolge eine andere. Manchmal leuchtet er auch nicht richtig alles komisch oder?", begann Arie die kleine Diskussion mit dem Raben.

„Ich habe es mich auch schon gefragt, was das ist. Ihr habt vollkommen Recht. Mein Gefühl sagt mir sowieso, dass es in dieser Zeit nicht mit rechten Dingen zugeht", bestätigte Rodolfo die getroffene Aussage.

„Hast du vielleicht eine Ahnung, woran das liegen könnte?", wollte Rike schließlich von ihm wissen. Rodolfo war nämlich dafür bekannt, dass er so gut wie auf jede Frage eine logische und passende Antwort hat. In diesem Fall gab es nichts zu sagen und er war still, was für ihn als redseligen Zeitgenossen ganz unnatürlich war. Schließlich nach einigen Überlegungen: „Ich kann versuchen, die Navigeule Antasi auf dieses Thema zu bringen. Ihr wisst ja, dass dann auch der Meisterdetektiv Willibert Wiesel mit von der Partie ist. Dieser mag sich der Lösung vielleicht annehmen", schlug Rodolfo vor und noch ehe die beiden Störche eine Antwort geben konnten, war er schon weggeflogen.

Am darauffolgenden Tag besprach er diese ominöse Frage mit Antasi. Die Navigeule war auch schon seit Tagen über den immer wechselnden Regenbogen entsetzt. „Vielleicht ist der Regenbogen kaputt oder hat keine Lust mehr, weil allen alles ziemlich egal geworden ist?", vermutete Antasi und versprach gleichzeitig mit Meisterdetektiv Willibert Wiesel darüber zu sprechen.

In seinem Büro saßen die beiden zusammen und kamen zu folgendem Entschluss: „Wir können dies nicht länger so hinnehmen. Scheinbar ist es kaum jemanden aufgefallen oder keiner möchte sich darum kümmern. Ich weiß aus erster Hand, liebe Antasi, dass es hinter unserem Hausberg eine unscheinbare Fabrik gibt. Man sagt, dass dort nicht nur Farben für den Alltag hergestellt werden, sondern auch der Regenbogen gemacht wird. Du kannst doch heimlich und unentdeckt eine Runde dorthin fliegen. Sicherlich findest du einen Anhaltspunkt.", forderte Willibert Wiesel die Navigeule auf.

Diese war zunächst skeptisch, weil es möglicherweise zu offensichtlich war, wenn eine Eule um die Fabrik ihre Runden drehte. Nach etwas mehr Überzeugungsarbeit nahm Antasi die Erkundungstour in Kauf. Was sich der Navigeule für ein Anblick bot, war schon nach wenigen Minuten der Grund für die derzeit absolut unbefriedigende Situation.

Die Mitarbeitenden liefen vor dem Gebäude planlos umher. Manche hatten ein lautstarkes Mikrofon, um mit ihren Worten auf sich aufmerksam zu machen. Jeder wollte irgendwie gehört und gesehen werden, doch keiner nahm auch nur im Ansatz Rücksicht auf den anderen. Aus dem Fabrikgebäude hörte man ebenso Diskussionen und laute Maschinengeräusche. Antasi musste sich von den Eindrücken beruhigen und trat umgehend den Rückflug zu Meisterdetektiv Willibert Wiesel an.

„Dachte ich mir schon. Das muss auch eine Weile schon so sein. Weil die kleine Fabrik so versteckt liegt, hat es bisher nicht für ein Aufsehen gesorgt.", bemerkte Meister Wiesel und kratzte sich mit seinen Bleistift hinter dem rechten Ohr, was bekanntlich ein Zeichen für Nachdenken bei ihm war.

Antasi beruhigte sich von diesem Erlebnis erst einmal und setzte zu einem späteren Zeitpunkt das Gespräch fort. „Lieber Meister, was ist zu tun, damit der Regenbogen nicht kaputt bleibt? Wir können es wirklich so nicht lassen.", zögerte Antasi schließlich nicht zu bemerken.

„Gute Überlegung. Oft sagt man, dass einem die Hände gebunden sind, um etwas zu verändern. Hier denke ich, dass ich dem Chef der Regenbogenmischfabrik einen Brief schreiben werde, den du dann überbringen wirst", schlug Willibert vor und war sich sicher, dass die Navigeule auch hier keinen Rückzieher macht.

„Wie? Ich soll die Situation einer möglichen Rettung ins Rollen bringen. Muss das sein?", fragte Antasi ganz kleinlaut.

„Denk an die jährliche Auszeichnung der besten Navigeulen. Das würde dich dem Titel auch in diesem Jahr viel näher bringen und außerdem ist es nur ein Brief, den du ablegen sollst. Also, nur zu und hab ich nicht so", motivierte der Meisterdetektiv seine Eule und wusste, dass diese Überzeugungsarbeit auch Früchte tragen wird.

„Also gut, du hast ja Recht. Sobald deine Zeilen fertig sind, mache ich mich auf den Weg", lenkte die Navigeule ein und dachte dabei insgeheim an die erwähnte Auszeichnung, die sie ein drittes Jahr in Folge bekommen könnte. Überraschenderweise fiel es dem Meisterdetektiv absolut nicht schwer und er formulierte wenige, aber wohl überlegte Sätze an den Chef der Regenbogenmischfabrik.

Werter Herr Vielfarben,
sicherlich haben Sie schon bemerkt, dass in Ihrer Firma Unstimmigkeiten bei den Mitarbeitern vorherrschen. In keiner Weise und bei allem Respekt steht es mir nicht zu, mich in Ihre Firmenangelegenheiten einzumischen. Aber bitte bedenken Sie, dass diese Unruhe auch große Auswirkungen auf die unmittelbare und weitere Umwelt hat. Angefangen von der aufkommenden Unsicherheit über weitverbreitete Unruhen

und vom kaputten Regenbogen ganz zu schweigen. Bitte schenken Sie dieser augenblicklichen Situation Ihre volle Aufmerksamkeit und schauen Sie nicht weiter und länger weg. Alle machen sich Sorgen, wie und ob es weitergeht. Sie allein wissen dabei ganz bestimmt den besten Weg, der dafür gewählt werden muss. Ich danke Ihnen von Herzen für Ihre Zeit und hoffe auf einer Klärung dieser Problematik im Sinne aller Beteiligten
Herzliche Grüße
Willibert Wiesel

Antasi flog kurz darauf den Brief zu Regenbogenmischfirma. Durch den weiterhin bestehenden Trubel war sie zum Glück unbemerkt gewesen und konnte die Botschaft vor dem Gebäude in einem verschlossenen Umschlag ablegen. Danach informierte sie den Meisterdetektiv, aber auch den Raben Rodolfo über die aktuelle Entwicklung. Rodolfo gab es den beiden Freunden Arie und Rike ebenso weiter. Alle hofften auf eine Entspannung der Gesamtsituation und umso mehr auf eine deeskalierende Wirkung. Antasi hatte weiterhin die Aufgabe, das Geschehen in und um der kleinen Fabrik zu überwachen. Mit der erfreulichen Nachricht, dass es kurz nach dem Eintreffen des Briefes zu einer Aussprache aller Beteiligten gekommen war, traf die Navigeule schließlich später bei Willibert Wiesel wieder ein.

Die Überlegungen hatten ihre Wirkung gezeigt. Die Belegschaft hatte sich über alle ihre Befindlichkeiten, Sorgen und Nöte in aller Ruhe ausgesprochen. Im Laufe der Zeit stabilisierte und verbesserte sich das Betriebsklima merklich. Zur großen Freude von Arie, Rike, Rodolfo, Antasi und Willibert Wiesel war nach dem nächsten Regenguss der Regenbogen wieder in seiner alten und bewährten Farbenpracht am Himmel sichtbar. Willibert Wiesel meinte zum Schluss nur:

„Leider ist es im richtigen Leben nicht oder nur ganz selten so, dass kleine Impulse eine solche Wirkung haben können. Nur ein paar Zeilen verändern nicht die Welt, können aber die, die an deren Gestaltung beteiligt sind, einmal die Augen öffnen. Große Schritte haben auch klein begonnen. Hoffen und wünschen wir es uns auch für die aktuellen, brisanten Lebensbereiche."

Antasi bekam für ihren großartigen Einsatz in der Tat wieder die Auszeichnung der besten Navigeule.

Als die Wurzelmännchen
den Sommer verschlafen haben

Es muss wohl einer der ersten Tage im Frühherbst gewesen sein, als sich die Störche Arie und Rike so langsam in die Winterpause verabschieden wollten. In diesem Jahr war alles anders, denn es fehlte der Natur an ausgiebigem Regen. Grund genug, mit dem

Raben Rodolfo bei seinem Besuch auf dem großen Fabrikschlot dazu zu befragen.

„Sag mal, lieber Freund, weißt du, was in den letzten Monaten der Grund war, dass es überall an Wasser fehlte?", fragte Rike den schlauen Raben. Sonst hatte dieser bekanntlich immer eine logische und passende Antwort parat, aber in diesem Falle konnte Rodolfo nur das erzählen, was seine Bekannten neulich auf ihrem Treffen berichtet haben. „Meine Lieben, auf unserer Rabenkonferenz haben wir auch darüber nachgedacht. Ihr könnt euch sicher vorstellen, dass es bei so vielen Anwesenden genauso viele Überlegungen gegeben hat. Nach einigem hin und her sind wir zum Entschluss gekommen, dass es an den Wurzelmännchen gelegen haben muss."

Arie und Rike schauten sich verdutzt an, sodass man auch ohne Worte das große Fragezeichen über ihren Köpfen erahnen konnte.

„Klar erkläre ich euch, wer die Wurzelmännchen sind: Das sind kleine und unscheinbare Lebewesen, die sich in der Erde befinden und dafür sorgen, dass alles ausreichend feucht gehalten wird. Doch in diesem Jahr waren diese durchgehend müde. Die Folge habt ihr ja gemerkt: Alles war sehr trocken, zum Beispiel wurde das Gras in den Gärten relativ gelb oder war sogar komplett vertrocknet."

Arie und Rike philosophierten noch eine ganze Weile über den Sinn und Unsinn von Wurzelmännchen, bis sie schließlich zu folgendem Ergebnis kamen: „Gibt es denn keine Möglichkeit, einmal mit ihnen zu sprechen? Ich erinnere mich, dass diese aufgeschlossene Zeitgenossen sind.", warf Rike in den Raum.

„Ihr wisst aber, dass es nur einen gibt, der hier die Sache wieder ins Rollen bringen kann. Die Katze Sliddus Peterle hat die Begabung, mit den Wurzelmännchen in Verbindung zu treten und sie zu mehr Motivation zu bewegen.", berichtete der Rabe.

Es stellte sich weiterhin heraus, dass auch der Mensch durch das Gießen nur kurzfristig eine Aktivität der Wurzelmännchen erreichen konnte. Und die Wissenschaft sagt: Wurzelmännchen inaktiv, kein Regen und kein Regen bringt auch keine Aktivität der Wurzelmännchen.

So kam es, dass der Rabe Rodolfo bei einem seiner morgendlichen Rundflüge auf die Katze Sliddus Peterle traf. Beide kannten sich nur ganz flüchtig, denn der Katze war der Rabe nicht ganz geheuer. Vielmehr hatte dieser ein klein wenig Angst, weil er nicht mochte, dass Rodolfo immer laut krähend über ihn hinweg zog. Heute war es dann einmal anders und Sliddus Peterle merkte das auch.

Gemächlich lief die Katze durch ihr kleines Waldstück, als plötzlich Rodolfo behutsam vor ihr landete. Nach ein paar Wortwechsel schließlich: „Wir wissen, dass du mit den

Wurzelmännchen öfters sprichst. Bitte versuche sie zu überzeugen, dass sie wieder aktiver werden. Nicht nur den Tieren, sondern auch den Menschen fehlt die grüne, blühende Natur."

Sliddus Peterle erklärte, dass er dies schon immer wieder versucht habe, aber die Wurzelmännchen einfach dieses Jahr zu träge waren. Er würde es natürlich weiter in Angriff nehmen. Was wäre Sliddus Peterle, wenn dieser nicht clever wäre und den Wurzelmännchen ein Angebot macht. Er machte die Erde locker, damit sie eine leichtere Arbeit mit der Bewässerung haben. Wenn einmal ein Teil der Wurzelmännchen wieder richtig aktiv waren, dann spricht sich dies unter den anderen herum und die Bewässerung ist wieder gesichert. Im darauffolgenden Jahr war die Situation deutlich besser. Als Rodolfo bei seinen Freunden Arie und Rike zu Besuch war, meinten diese: „Zum Glück haben wir es geschafft und das Problem wurde nicht allzu groß. Sliddus hat mit seiner Hilfe die Wurzelmännchen aus ihrem Schlaf geholt und nun erblüht die Natur wieder im vollen Glanz. Der Regen fehlte dann ebenso wenig."

Arie und Rike auf der Suche nach dem goldenen Herbst

Es war ein herrlicher und warmer Herbsttag, den Arie und Rike auf ihrem Fabrikschlot in der Nähe des alten Güterbahnhofs im wahrsten Sinne des Wortes genossen haben. Selbst zum Wechsel der Jahreszeiten war es für die beiden noch zeitlich keine Frage, in das Winterquartier in den Süden aufzubrechen. Dem Raben Rodolfo freute es, wenn seine Freunde noch eine Weile blieben, denn sie haben immer eine gute Zeit zusammen.

Zu abendlicher Stunde besuchte er die beiden Störche und hatte, wie sollte es anders sein, eine kleine Frage auf Lager: „Meine Lieben, vielleicht habt ihr schon mal das Wort „goldener Herbst" gehört? Bei uns Raben wird es jedenfalls oft benutzt, aber keiner weiß ganz genau, was es bedeutet. Habt ihr eine Idee?"

Arie und Rike schauten nicht weniger fragend und gaben dem Raben Rodolfo zur Antwort: „Keinen Begriff davon. Wir können den goldenen Herbst suchen. Aus der Luft sicherlich gut zu finden. Wenn deine Freundin Rudmilla noch dabei ist, dann haben wir insgesamt vier Luftentdecker."

So geschah es dann auch und am darauffolgenden Tag nahmen die beiden Störche und Raben einen ersten Anlauf, um den goldenen Herbst zu suchen. Über eine herrlich leuchtende Landschaft flogen sie hinweg. Ein wenig Getreide- und Maisfelder entdeckten sie genauso wie Laubwälder in den zartesten Gelb-, Orangen- und Rottönen. Vom goldenen Herbst aber nach wie vor keine Spur. „Kann es sein, dass da unten irgendwo Gold versteckt ist, das man nur zu dieser Jahreszeit findet?", fragte Arie in die Runde. Doch keiner wusste eine Antwort. „Es ist aber ebenso möglich, dass die Früchte in Gold bezahlt werden müssen und sind daher für die Menschen ganz besonders wertvoll sind.", gab Rodolfo zu bedenken, während sich alle vier von ihrer Erkundungstour am Nachmittag auf dem Fabrikschlot einfanden.

Nachdem die folgenden Versuche auch keinen Erfolg gebracht haben, beschlossen sie die anderen Tiere zu befragen. „Goldener Herbst ist, wenn die Sonne ihre letzten warmen Strahlen vor dem herannahenden Winter abgibt und sich alle nochmals ganz toll darüber freuen können", meinte Igidius Igel, der allerdings schon sehr in Zeitnot war, weil sein Winterquartier fertig werden sollte. „Ich denke, dass der goldene Herbst mit den herrlichen Farben in Verbindung steht. Schaut mal: Es ist ein wahrer Augenschmaus, sich die prachtvolle Vielfalt der Natur so ins Bewusstsein zu führen.", erklärte das

Freihörnchen von und zu Nadelwald, das währenddessen eifrig damit beschäftigt war, eine vom Baum gefallene Nuss zu verspeisen. „Wir wollen wissen, was es mit dem goldenen Herbst auf sich hat? Ganz einfach. Jeder sollte sich daran erinnern, dass es im Leben zum Glück goldene Zeiten gibt. Im Herbst ist das sowas wie ein längerer Feiertag", philosophierte die Spitzmaus und merkte erst währenddessen, dass sie hoffentlich nicht gleich der Nachtisch für einen der ungewöhnlichen Besucher werden wird.

Arie, Rike, Rodolfo und Rudmilla hatten nun ganz verschiedene Ansichten über den goldenen Herbst erfahren und konnten sich selbst ihr Urteil zu diesem Begriff bilden. Eines stand aber fest: Nach Gold musste keiner suchen, aber es lohnt sich immer wieder aufs Neue, sich über goldene Augenblicke zu freuen nicht nur im Herbst.

Arie, Rike und der Schornsteinfeger „Flinker Besen"

Vom mittlerweile traditionell bewohnten Schornstein der alten Fabrikanlage am verlassenen Güterbahnhof hatten Arie und Rike einen sehr umfassenden Blick auf das angrenzende Wohngebiet. Die beiden staunten nicht schlecht, als dort eines Tages ein Mann in komplett schwarzer Kleidung die einzelnen Schornsteine überprüfte. Die beiden Störche konnten in keiner Weise verstehen, was dieser genau machte. Auf seinem Oberteil standen und die Aufschrift „Flinker Besen". Mehr haben sie nicht in Erfahrung gebracht. Grund genug, um ihren Freund Rodolfo bei seiner Abendrunde zu befragen. Dieser war schließlich dafür bekannt, so gut wie möglich auf alle Fragen eine logische Antwort zu haben.

„Du hast das schon öfters gesehen, lieber Freund?", fragte Arie ganz neugierig, als es gleich zu Beginn über den extravaganten Gast ging. „Ich denke, die Menschen brauchen einen solchen Service ein- oder zweimal im Jahr, damit ihre Heizung danach wieder funktioniert.", erklärte Rodolfo den beiden Störchen. „Kommt der auch zu uns? Das wäre eine Katastrophe", gab Rike zu bedenken. „Gegenfrage: War er in den letzten Jahren schon einmal da? Ich denke, dass ich immer gut auf euer Domizil aufgepasst habe oder?", fragte der Rabe Rodolfo freundlich nach. Ein erleichterndes Kopfschütteln brachte wieder Ruhe in die kurzzeitig etwas angespannte Lage.

„Aber ihr wisst: Ein Schornsteinfeger ist für die Menschen so etwas wie ein Talisman", setzte Rodolfo seine Ausführungen fort. „Ein Tal?", unterbrach Rike ihn vollkommen ungelegen. „Ein Talisman. Das ist eine Art Glücksbringer. Schenkst du oder bekommst du so was, dann wünscht oder erhältst du sinnbildlich Glück".

„Die Menschen und ihre Eigenarten. Wir Störche sind da viel einfacher im Denken. Für uns ist es nämlich das größte Glück, dass wir einander haben.", schloss Arie die Überlegungen ab. „Manchmal unterscheiden sich Störche und Menschen gar nicht so sehr", murmelte Rodolfo, als er zum Flug zu seinem Heimatbaum im angrenzenden Garten startete. Arie und Rike schauten zufrieden der untergehenden Sonne zu.

Arie, Rike und das Geheimnis der kleinen Sonnenblumenwiese

Rodolfo und Rudmilla sind beide sehr krank, sodass sie keinen Rundflug oder Besuch bei ihren Freunden auf dem alten Fabrikschlot unternehmen konnten. Die Raben haben sich auf ihren Lieblingsbaum zurückgezogen und versuchten, das Beste aus dieser Situation zu machen.

Die letzten warmen Sonnenstrahlen des lichtdurchfluteten Oktobertages berührten tief die Landschaft, als die Katze Sliddus Peterle traurig vor sich hin lief. Wo sonst Freude und Ausgelassenheit herrschte, war die Katze wirklich sehr geknickt. Rodolfo und Rudmilla haben ihr den Auftrag gegeben, die Nachricht an die beiden Störche weiterzugeben.

„Unsere zwei Freunde lassen sich entschuldigen, dass sie euch nicht besuchen kommen können. Sie sind beide krank", rief Sliddus zu Arie und Rike. Die Information machte auch sie ziemlich betroffen, weil sie ihre letzten Spätsommertage noch zu gerne mit ihnen verbracht hätten.

Sliddus Peterle begab sich leise und gemächlich wieder auf den Rückweg. Nach wie vor faszinierte die Katze eine kleine Sonnenblumenwiese in Nachbarsgarten. „War die nicht einmal höher? Kann ich gar nicht erinnern, dass ich so herrliche Sonnenblumen aus nächster Nähe anschauen durfte.", murmelte die Katze vor sich hin und war sich zeitgleich nicht sicher, woher sie das leise Gekicher gehört hatte.

Als sie weiterlaufen wollte, schaute sie nochmals nach oben zu den Blumen. Es schien so, als ob sie sich bewegten und das obwohl kein Wind vorherrschte. „Wir sind ganz besondere Sonnenblumen, weil wir zaubern können." „Wie zaubern? Alles so machen, wie man es sich wünscht?", fragte Sliddus direkt darauf los. Die Katze war dafür bekannt, dass sie von nichts zurückschreckte. „Ja, genau. Warum fragst du?", ging das Gespräch weiter. „Nun, meine Freunde Rodolfo und Rudmilla sind beide sehr krank. Wir alle wollten noch ein paar unbeschwerte Spätsommertage verbringen, bevor Arie und Rike ihren Heimflug ins Winterquartier antreten können. Könnt ihr bitte was machen, dass sie schnell wieder gesund werden und wir eine gute Zeit haben?", fragte Sliddus Peterle.

Für einen Moment dachte die Katze, dass sie sich doch getäuscht haben musste, weil die Sonnenblumen keine Antworten ergaben. „Nein, wir können zaubern, aber nicht die

Welt ändern. Tut uns leid. Unter zaubern verstehen wird, den Menschen ein Lächeln auf die Lippen zaubern und ihnen ein fröhliches Gefühl schenken, wenn sie uns anschauen."

„Ach so, mehr nicht.", sprach Sliddus Peterle und trabte bedächtig weiter.

Mittlerweile brach die Dunkelheit herein und es wurde kühler. In seinem Traum begegnete die neugierige Katze nochmals den kleinen Sonnenblumen auf dem Feld. Dieses Mal gab es eine andere Antwort auf seine Frage nach der Wiedergesundmachung bei Rodolfo und Rudmilla.

„Sliddus, manchmal überrascht dich das Leben und leider nicht immer positiv. Vertraue darauf, dass Rodolfo und Rudmilla allein schon deswegen wieder gesund werden, weil sie einander haben. Besondere Zeiten brauchen auch Schonung der eigenen Reserven, um wieder zu Kräften zu kommen. Wichtige Weggenossen zu haben ist dabei unbezahlbar. Glaube uns, dass Erholung nicht mit Erfolgsdruck gekoppelt ist. Der Gedanke an die gute Zeit danach hilft den beiden Freunden über diese außergewöhnliche Zeit hinwegzukommen.", sprachen die kleinen Sonnenblumen zu Sliddus Peterle behutsam.

Es sind noch ein paar Tage ins Land gekommen, als es Rodolfo und Rudmilla wieder sichtbar besser ging. So erfüllte sich der Herzenswunsch von Arie, Rike und Sliddus Peterle doch noch und alle Freunde haben eine unbeschwerte Herbstzeit gemeinsam verbringen können.

Arie, Rike und das Geheimnis der silbernen Lebkuchendose

Es war ein sonnendurchfluteter Herbsttag. Das Laub der Bäume strahlte in den zartesten Rottönen und man mochte noch gar nicht richtig glauben, dass bald die kalte Jahreszeit nahte.

Arie und Rike konnten auch in diesem Jahr sich nicht dazu bewegen, ihre Reise in südliche Gefilde anzutreten. Vielmehr haben sie mit Rudmilla und Rodolfo jeden Tag ganz gemütlich ihre Runden durch die nähere Umgebung unternommen.

Rodolfo war von Natur aus ein besonders neugieriger Zeitgenosse und plante den einen oder anderen spontanen Abstecher, während seine Freundin Rudmilla einen ausgiebigen Mittagsschlaf hielt.

So geschah es auch an jenem Dienstagnachmittag. Dienstage hatten schon seit jeher das Merkmal, dass sich an solchen Tagen immer wieder Überraschungen ereigneten. Das bestätigte sich auch heute, wie es Rodolfo gleich selbst erlebt hatte.

Schon immer reizte den Raben das kleine Waldstück, welches an einen verlassenen Freizeitpark angrenzte. Nur sagte man sich in der Tierwelt, dass es dort nicht mit rechten

Dingen zuging und man besser nicht hingehen oder fliegen sollte.

„Was soll denn schon sein?", dachte sich Rodolfo und flog mitten in das Waldstück. Die Bäume waren ganz besonders dicht gestanden und es gelang der Herbstsonne nicht, die Dichte des Waldes zu durchdringen. Dort herrschte zudem eine andächtige Stille.

Rodolfo landete auf einem morschen, alten Baum, von wo aus er einen guten Überblick bekommen hatte. Die außergewöhnliche Atmosphäre bereitete dem Raben dann aber doch ein wenig ein ungutes Gefühl. „Vielleicht ist es doch besser, wenn ich wieder nach Hause fliege", murmelte er vor sich hin.

„Aber wo geht es wieder raus? Das darf doch nicht wahr sein.", wurde der Rabe zunehmend nervöser und flog wild umher. Rodolfo war bei weitem kein unsicherer Zeitgenosse, aber diese Situation war wohl auch für ihn nicht so alltäglich.

Während Arie und Rike zusammen mit Rudmilla die Herbstsonne genossen, suchte Rodolfo weiterhin nach einer Möglichkeit, aus dem Dickicht der Bäume in die Freiheit zu kommen. Das war gar nicht so einfach gewesen, wie sich herausstellte.

Der schlaue Rabe entdeckte bei seinem äußerst aufmerksamen Flug durch den dichten Wald an einer kleinen Anhöhe einen silbrig glänzenden Gegenstand. Vorsichtig setzte Rodolfo zur Landung an und betrachtete alles ganz genau.

„Soll ich das vielleicht mitnehmen? Sieht gar nicht so schwer aus. Groß ist es auch nicht und es ist mit einer schönen Schnur verbunden.", dachte Rodolfo. Noch ehe dieser ins Zweifeln kam, schlang er sich die kleine silberne Dose um seinen Kopf. Zum Glück zog diese nicht sehr und der Weiterflug war problemlos möglich.

„Wird er sich wieder auf eigene Faust durch die Lüfte treiben.", murmelte Rudmilla mit einem sorgenvollen Unterton. Arie und Rike versuchten sie etwas zu beruhigen. Dies gelang ihnen zum Glück auch. Was allerdings noch besser war, war die Tatsache, dass sie Rodolfo schon aus der Ferne heran fliegen sahen.

Vollkommen außer Atem und sichtlich aufgeregt landete der Rabe bei den drei Freunden auf dem Schlot am alten Güterbahnhof. Behutsam legte er die silberne Dose ab und versuchte sich erst einmal ein wenig zu beruhigen.

„Ist denn schon wieder Weihnachten?", fragte Arie leicht schmunzelnd und deutete auf den Gegenstand, den der Raben gebracht hatte. Beim genauen Hinsehen konnte man ganz klar erkennen, dass es sich um eine Lebkuchendose handeln musste, die mit einer braunen Schnur umwickelt war.

„Denke, wir machen sie mal auf", meinte Arie und versuchte, die Dose zu öffnen. Mit der Hilfe von Rudmilla war dies kein Problem.

Was zum Vorschein kam überraschte dann doch alle. In der Dose befanden sich eine Muschel, ein kleiner Stein und drei kleine Zettel.

Arie, Rike, Rodolfo und Rudmilla hatten zum Glück einen guten Freund: Die Navigeule Antasi. „Wir müssen sofort zu Antasi!", waren sich alle einig. Antasi war nämlich diejenige, die lesen konnte und die auch für die Lösung des Rätsels bestimmt eine große Hilfe war.

Zugleich wurde alles wieder feinsäuberlich in die kleine Dose verstaut und alle vier Freunde machten sich auf dem Weg zur Navigeule, die sich im nahe gelegenen Garten gerade von einem erfolgreich abgeschlossenen Abenteuer mit Meisterdetektiv Willibert Wiesel erholte.

„Dann will ich euch mal vorlesen, was auf den kleinen Zetteln steht, meine Lieben.", begann die Navigeule sogleich. „Darauf solltest und darfst du im Leben bauen. Bitte gib das nie auf." Dieser Gedanke zählte zu der beigelegten Muschel.

Antasi setzte sogleich mit dem zweiten Teil fort: „Sind die Umstände auch noch so schwer, dann ist dies ganz besonders wichtig." Diese Worte gehörten zum kleinen Stein. Dieser war übrigens sehr vielfältig in seiner Struktur, von glatter Stelle bis hin zu Ecken und Kanten. Schließlich las die Navigeule noch den dritten kleinen Zettel vor, der zu der Schnur gehörte, die alles zusammen hielt. „Verlier dies nicht. Es ist im Leben von ganz großer Bedeutung." Als die Navigeule mit dem Vorlesen fertig war, schauten sich alle weiterhin fragend an. Keiner wusste so richtig, was mit den Symbolen und den kurzen Sätzen gedacht war. Nur Antasi, eine Meisterin im Kombinieren und Lösen von Rätseln, hatte die entsprechenden Antworten. „Meine lieben Freunde. Ich glaube, ich weiß, was mit all den Dingen und Botschaften gemeint ist. Ich will es euch gerne sagen. Die Muschel steht für Vertrauen und Zuversicht. Der Stein ist ein Symbol für Stärke, so wie ein

Felsen. Die Schnur bedeutet zusammenhalten bzw. verbunden sein."

„Und was soll uns der Fund nun wirklich sagen?", setzte Rodolfo noch eines obendrauf. Arie und Rike nickten zustimmend und waren ebenso wie Rudmilla auf die Überlegungen von Antasi gespannt. „Ist es nicht so, dass dies ein paar wichtige Eigenschaften sind, die bei allen Lebewesen eine zentrale Bedeutung haben?", fragte die Navigeule.

Langes Schweigen erfüllte die Situation. Es schienen Minuten zu vergehen, ohne dass auch nur einen Wort gesagt oder auch gedacht wurde. „Du hast recht, Antasi", sprachen dann die vier Freunde fast wie im Chor. „Nicht nur wir, sondern auch alle anderen sollten sich einmal wieder mehr auf diese Werte konzentrieren. Vielleicht kommt dadurch im Leben wieder mehr Perspektive für alle."

Ein herrlicher Herbsttag wie dieser ging langsam zu Ende. Arie und Rike sowie Rodolfo und Rudmilla verbrachten noch ein wenig Zeit bei Antasi. Alle freuten sich über die Erkenntnisse hofften darauf, dass die Gedanken möglichst viele erreichten und ebenso bereicherten.

Arie und Rike retten das Weihnachtsfest

Arie und Rike kennen das Weihnachtsfest bereits aus dem letzten Jahr. Erneut haben sie beschlossen, dass sie dies trotz der dunklen und kalten Jahreszeit wieder in ihrem Domizil im Schlot am alten Bahnhof erleben wollen. Dieses Fest hatte seinen ganz besonderen Reiz auch auf die beiden Störche übertragen.

Natürlich war auch der Rabe Rodolfo als ihr treuer Wegbeleiter immer mit vor Ort. „Es gibt da eine Legende, dass die Menschen im Heiligen Abend Geschenke bekommen. Der Weihnachtsmann soll ihnen diese bringen", schwärmte der Rabe bei einer seiner abendlichen Besuche.

Die Störche Arie und Rike waren ganz begeistert und zugleich überrascht, als sie dies gehört haben. „Das klappt an nur einem Abend? Auf der ganzen Welt?", fragte Arie neugierig ihren Freud Rodolfo. Dieser lauschte aufmerksam und war zugleich verwundert, dass die beiden Störche so kluge Fragen stellten.

„Aber klar. Es ist doch wie immer: Einer Legende glaubt man oder lässt es sein. Ich denke, dass es vielen Generationen so im Vertrauen weitergegeben wurde. Die Menschen brauchen feste Rituale, weil das Leben immer schwieriger geworden ist. Das alles bringt ein kleines Stück mehr an Sicherheit und Zuversicht.", erklärt der Rabe Rodolfo mit großer Überzeugung.

Bekanntermaßen bringt der Winter auch immer jede Menge Schnee mit sich. Schnee und Weihnachten gehören zusammen wie Sommer und Sonne. Nur war dies nun nicht mehr so und der Schnee war wie von

Geisterhand verschwunden. Lange Zeit kannten die beiden Störche Arie und Rike das alles nur aus den Erzählungen von ihrem Freund Rodolfo.

Immer wieder aufs Neue haben Arie und Rike den Raben nach dem Gründen gefragt. Rodolfo hatte eine Antwort: „Jeder nimmt an, dass der Schnee aus dichten und grauen Wolken fällt, wenn es kalt genug ist. Weit gefehlt, meine Freude. Die Wahrheit ist: Der Schnee kommt aus einer Schneemaschine. Ist aber ein gut gehütetes Geheimnis", betonte Rodolfo ausdrücklich.

Der Rabe fuhr sein Erzählen fort: „Diese Maschine scheint seit Jahren schon defekt. Mal geht sie richtig, mal wieder nur ab und zu. Leider gibt es keine Reparaturanleitung dafür.", berichtete der Rabe Rodolfo seinen Freunden. Arie und Rike sind bekannt für ihren Erfindergeist und Einfallsreichtum, was einer Lösung des Problems helfen konnte.

Noch bevor der tiefste Winter bevorstand, begaben sich die drei Freude zum Versteck, wo sich die Schneemaschine befand. Rodolfo war einer der wenigen Tiere, der den Standort des Gerätes kannte. Die Schneemaschine befand sich auf einem uralten Birnbaum im Garten von Familie Berggold.

Arie und Rike brauchten nicht lange, um festzustellen, dass sich zwischen den einzelnen Zahnrädern jede Menge an trockenen Birnenkernen verheddert hatte. „Das war bestimmt wieder die kleine Feldmaus. Spielt aber auch jedem einen Streich." Mit Hilfe von Rodolfo gelang es den beiden Störchen, die Maschine wieder voll in Gang zu bringen.

Bereits kurze Zeit später begann es zu schneien. Seit diesem Zeitpunkt fiel in jedem Winter ganz besonders viel Schnee zur Freude von allen. Keiner konnte sich von nun an mehr beschweren, dass sich der Schnee versteckt hält. Ganz im Gegenteil: Alle freuten sich über die weiße Pracht, die alles herrlich bedeckte.

Der Dezember war nun schon gut zur Hälfte vorbei, als die beiden Störche die nächste Aufgabe vom Raben Rodolfo bekommen haben. „Gerade habe ich von den Rentieren des Weihnachtsmannes erfahren, dass es in diesem Jahr ganz viele Geschenke zum Verteilen gibt. Leider haben die fleißigen Helferinnen und Helfer im Eifer der Vorbereitungen die Listen fallen gelassen. Der Weihnachtsmann hat keinen Überblick mehr", erzählt der Rabe.

Tatsächlich herrschte in der Werkstatt des Weihnachtsmannes totale Verzweiflung und ein regelrechtes Chaos. Beim genauen Hinsehen konnte man erkennen, dass sich wirklich keiner mehr auskannte. Es war schlimmer als ein aufgewirbelter Ameisenhaufen. Ganz bestimmt wäre jedes Suchbild bei einem Rätsel leichter zu lösen gewesen. Es musste eine Lösung gefunden werden und zwar ziemlich schnell!

Arie und Rike fragten besorgt bei ihrem Freund nach: „Was ist denn zu tun? Hast du eine Idee, Rodolfo?" Der Rabe entgegnete nur: „Wir können dem Weihnachtsmann und seinen Helferinnen und Helfern eine wichtige Unterstützung sein. Ich weiß auch schon wie." Rodolfo flüsterte seine Idee den beiden Freunden ins Ohr, damit es von den Menschen auch keiner mitbekommt und der ganze Schwindel auffliegt.

Es muss wohl die Nacht vor dem 4. Advent gewesen sein, als Rodolfo die Rentiere von seinem Vorhaben eingeweiht hatte. In absolut geheimer Mission wurden die Störche Arie und Rike vom Oberrentier Masimus Maximus abgeholt und in die Werkstatt des Weihnachtsmannes gebracht. Rodolfo durfte dabei aber auch nicht fehlen und war selbstverständlich mit vor Ort.

Die Reise der beiden Störche verlief unscheinbar. Arie und Rike nahmen auf dem Rücken des Rentiers ihren Platz ein.

Ausnahmsweise mussten die beiden die Weihnachtsbrille aufsetzen, damit sie sich den Weg zum Weihnachtsmann nicht merkten. Sein Versteck soll auch weiterhin ein wohlgehütetes Geheimnis bleiben.

Bekannter weise haben Störche einen scharfen Sinn, wenn es um Kombinieren und Organisieren geht. Aus diesem Grund gelang es Arie und Rike in kurzer Zeit, die unzähligen Papiere mit den Namen und Geschenken wieder in ein brauchbares System zu bringen. „Ist doch ganz klar. Wir arbeiten nach Plan R", sprach Arie und legte mit Rike sofort los.

Trotz der vielen Aufgaben und der wenigen Zeit haben sich die Helferinnen und Helfer sowie der Weihnachtsmann gerade in dieser Nacht zum Schlafen gelegt. Der Plan konnte dadurch sehr gut aufgehen und dem Verteilen der Geschenke rechtzeitig zum Fest stand nichts mehr im Wege. Rodolfo war wie immer ganz besonders stolz auf seine beiden Freunde, die am frühen Morgen müde in ihren Schlot zurückkehrten.

„Seht ihr", sprach der Weihnachtsmann. „Manchmal lösen sich die Probleme wie von selbst". Auch wenn der Weihnachtsmann nicht wusste, wie es zu dieser Wendung kam, war dieser überaus froh darüber. Pünktlich zum Heiligenabend bekamen alle Menschen ihre Geschenke und das Fest war gerettet. Für das nächste Jahr wurden dann die Listen in einzelne bunte Ordner abgelegt und das Chaos blieb zum Glück aus.

Durch diesen Erfolg blieben Arie und Rike noch die Gelegenheit, mit den Tieren im Wald gemeinsam das Weihnachtsfest zu feiern. Der heimelige Wald befand sich am Rande der kleinen Stadt. Für viele war dieser ein Rückzugsort für die kurze Erholung vom anstrengenden Alltag.

Außerdem war der Wald dafür bekannt, dass es dort die schönsten Nadelbäume weit und breit gab. Jedes Jahr bekommt ein Nadelbaum eine Auszeichnung und wird im Anschluss schön geschmückt auf den Marktplatz gestellt. Die Jury ist immer sehr wählerisch und kritisch, denn jeder der Bäume hatte seine eigene Schönheit und hätte eine Belohnung verdient.

Die Tiere in diesem Wald wünschten sich auch schon immer einen so toll leuchtenden Baum. Als der Rabe Rodolfo dies seinen Freunden Arie und Rike erzählte, zögerten sie nicht lange, denn die Zeit bis zum Weihnachtsfest war nur noch ein paar Tage. „Wie wäre es, wenn wir uns Schmuck holen und unseren Wald auch in einen weihnachtlichen Glanz erstrahlen lassen?", beschlossen die beiden Störche.

Rodolfo, Arie und Rike weihten die Waldtiere bei einer abendlichen Besprechung über ihr Vorhaben ein. Aus der nahegelegenen alten Fabrik wurden ausgesonderte Glaskugeln geholt. Das war ganz einfach, weil diese in einem riesigen Container lagen, der nicht abgedeckt war. Die weggeworfenen Glaskugeln haben somit durch eine gute Verwendung bekommen.

Eine Baustelle in der Stadt half den Tieren mit der notwendigen Beleuchtung weiter. „Die Beleuchtung bringen wir in Kürze wieder dorthin. Wir wollen es uns nur für die Weihnachtszeit ausleihen"; bemerkte Rike umsichtig. Rodolfo achtete darauf, dass trotz der fehlenden Lichter alles noch ausreichend abgesichert war und es wirklich niemanden auffiel, dass die Tiere etwas ausgeliehen haben.

In den folgenden beiden Tagen sammelten die Waldtiere nun alle möglichen Gegenstände ein. Die unzähligen Sachen reichten dabei nicht nur für einen Baum aus. Es war so viel, dass das ganze Waldstück herrlich geschmückt werden konnte. Somit erfreut an diesem Weihnachtsfest ein besonderer festlicher Glanz alle Waldtiere. Besonders Arie,

Rike und Roldolfo genossen die unbeschwerte Zeit mit allen ihren Freunden.

Selbstverständlich wurde die Beleuchtung wieder zur Baustelle zurückgebracht. Rodolfo hatte einen Plan: „Wir bringen die Sachen wieder in der Nacht zum Jahreswechsel an Ort und Stelle. Die Menschen sind an diesem Tag mit dem Feuerwerk beschäftigt. Da fallen ein paar Baulichter gar nicht weiter auf, wenn diese durch die Luft fliegen."

Das Vorhaben ging zum Glück auf. Der Rabe Rodolfo hatte wie auch sonst die richtige Idee zur richtigen Zeit und die Baustelle konnte so wieder voll und ganz abgesichert werden. Sowohl für die Waldtiere als auch für die drei Freunde war dieses Weihnachtsfest ein unvergessenes Erlebnis. Gerne erinnerten sie sich lange an dieses einmalige Ereignis.

Arie, Rike und der Besuch der Weihnachtswichtel

Ein bisher wohlgehütetes Geheimnis in Sachen Geschenke und Wunschzettel zu Weihnachten war die Tatsache, dass die Weihnachtswichtel immer eine Kopie ihrer Gesamtliste an einem gut versteckten Ort aufbewahrten. Dieser befand sich im Storchennest auf dem alten Fabrikschlot in der Nähe des ehemaligen Güterbahnhofes. Während ihrer Anwesenheit hatten Arie und Rike immer einen ein besonderes Augenmerk auf die Notizen, damit diese auf keinen Fall in die falschen Hände gerieten. Einzig und allein ihre Freunde Rudmilla und Rudolfo wussten von diesen Versteck. Während des Sommers unternahmen die Weihnachtswichtel wie immer einmal im Jahr einen gemeinsamen Ausflug. Dieser führte sie zu den Störchen Arie und Rike, die in diesem Augenblick auch die beiden Raben eingeladen haben. Die Weihnachtswichtel kamen in einem kleinen

Heißluftballon zu den vier gefiederten Freunden und verbrachten mit ihnen ein paar unbeschwerte Stunden. Dabei nahmen sie in bester Manier den immer länger werdenden Wunschzettel von den Weihnachtswichtel entgegen und platzierten das Papier unter dem sicher gebauten Storchennest. „Auf das ihr ja wieder gut aufpasst, meine Lieben. Wenn wir die Sicherheitskopie brauchen, darf diese an keinem anderen Ort als hier bei euch sein. Bitte denkt daran, wenn ihr euren Flug in den Süden startet, dass man den Wunschzettel auch wirklich nicht in eurem Nest entdecken kann. Man weiß ja nie, die Bösewichte lauern bekanntermaßen überall.", sprach der Weihnachtswichtelchef noch einmal ganz eindringlich zu Arie und Rike. Diese versicherten allen Anwesenden, dass sie immer sehr gut auf das Schriftstück aufpassen, damit es nicht abhandenkommt. In der diesjährigen Vorweihnachtszeit kam alles anders und den Weihnachtswichtel ist tatsächlich die Original Wunschzettel Aufstellung verloren gegangen. Ganz aufgeregt fand eine spontane Besprechung statt. „Wie konnte das bloß passieren? Noch nie haben wir den Wunschzettel verlegt oder verloren. Das Weihnachtsfest gerät vollkommen in Gefahr, vielleicht muss es auch ganz abgesagt werden. Die traurigen Gesichter der Kinder möchte ich nicht mehr einmal im Traum vorstellen.", sprach der Chef der Weihnachtswichtel erbost. Keiner der anderen Wichtel hatte auch nur im Ansatz eine Erklärung für das Verschwinden. Alle waren froh, dass es ja eine Kopie im Nest der Störche Arie und Rike gab. „Da lasst uns umgehend den Ersatzwunschzettel holen, bevor wir mit den Vorbereitungen zum Weihnachtsfest zu spät dran sind.", schlug der Chefassistent der Weihnachtswichtel vor und die anderen nickten beipflichtend. Doch was war geschehen? Im Storchennest von Arie und Rike fand sich die Abschrift des Wunschzettels nicht. Die Verzweiflung unter den Weihnachtswichteln wurde immer größer. „Jetzt sind auch die noch weg und bis in den tiefen Süden schaffen wir es nicht, um nach der Kopie zu fragen", sprachen die Weihnachtswichtel ganz entsetzt. Traurig und mit gesenktem Haupt saßen alle rund um den alten Schornstein und sprachen kein Wort mehr. Rodolfo und Rudmilla drehten gerade ihre nachmittäglichen Runden, als sie die Tragödie entdeckten. Umgehend nahmen sie Anlauf und setzten ihre Landung mitten im Storchennest an. „Sagt mal, was ist denn mit euch passiert?", fragte Rodolfo mit höchster Besorgnis. Die Weihnachtswichtel klagten ihr Leid und es schien nach wie vor kein Ausweg aus dieser mehr als verzwickten Situation. Rudmilla beschwichtigte die Wichtel glücklicherweise und lenkte das ganze Problem in eine andere Richtung. „Meine lieben Freunde, wir können euch beruhigen. In diesem Spätsommer haben wir den

Ersatzwunschzettel ausnahmsweise mit zu uns in unseren Unterschlupf im Wald dort hinten genommen. Kurz nach der Abreise von Arie und Rike fiel uns eine sehr neugierige Elster auf. Sie flog auffällig oft um den Schlot und schien auf der Suche nach etwas zu sein. Kurzerhand haben wir die Kopie des Wunschzettel in einer Nacht-und-Nebel-Aktion zu uns genommen.", berichtete Rudmilla weiter. Sichtliche Erleichterung stand in Gesichtern der Weihnachtswichtel, da das Fest wie gewohnt stattfinden konnte. Rodolfo und Rudmilla halfen ihnen bei den Vorbereitungen so gut sie konnten, da die verlorene Zeit durch die vergebliche Suche nach dem Ersatzwunschzettel wieder eingeholt werden musste. Alle freuten sich darauf, dieses kleine Abenteuer ihren Freunden Arie und Rike zu erzählen, wenn sie im Frühjahr wieder auf ihren Schlot lebten. Wenn ihr euch jetzt fragt, was die Elster mit all dem zu tun hat. Die Antwort lautet: Alles und

Nichts. Sie ist in diesem Jahr als Spezialagentin im Einsatz gewesen, um die Sicherheit des Ersatz-Wunschzettels zu wahren. Allerdings war ihre Arbeit viel zu klar zu erkennen, sodass sie jetzt wieder ihrer eigentlichen Aufgabe nachgeht, nämlich mit den Tieren im Wald glücklich zu leben. Rudolfo und Rudmilla haben sie als neue Nachbarin schließlich freudig begrüßen können.

Arie, Rike und die singenden Sterne

Die Zeit nach Weihnachten war in diesem Jahr von bemerkenswerten warmen Temperaturen geprägt. Statt Schnee und Frost gab es schon Anfang Januar die ersten warmen Sonnenstrahlen und vom beginnenden Vogelgezwitscher ganz zu schweigen. Die beiden Störche Arie und Rike sehnten sich schon seit Wochen nach einer Heimkehr in ihr Domizil auf dem Schlot am alten Güterbahnhof. Grund genug, die bestehende

Wettersituation auszunutzen, um die Rückkehr dorthin anzutreten. Rodolfo und Rudmilla freuten sich nicht wenig, weil sie die beiden Freunde kurze Zeit später antrafen. Im Städtchen herrschte noch nachweihnachtliche Stimmung, was man besonders ab der Dämmerung durch die facettenreiche Beleuchtung der Straßen und Häuser beobachten konnte. „Ich glaube, die Menschen lassen sich mit dem Ausklingen der Weihnachtszeit in diesem Jahr noch etwas mehr Zeit, ist ja nach den Gegebenheiten der letzten Jahre auch kein Wunder.", bemerkte Rodolfo bei seinem abendlichen Besuch auf dem Schornstein der beiden Störche. Rike hatte zu diesem Gedanken eine Frage an den schlauen Raben, der gerade seinen Heimflug zu Rudmilla antreten wollte. „Sag mal: Ich habe gehört, dass am 6. Januar nochmals ein Feiertag ist, den die Menschen mit einem besonderen Brauch begehen?", begann sie zu sprechen und wurde sogleich unterbrochen, noch bevor die eigentliche Frage fertig gesagt wurde. „Das stimmt. Am 6. Januar kommen die Sternsinger. Aber jetzt muss ich nach Hause zu Rudmilla. Wir wollen doch einen kleinen Nachtflug über den See machen. Das habe ich ihr schon vor Wochen versprochen gehabt." Rike konnte jetzt nichts mehr sagen, da Rodolfo bereits weggeflogen war. „Sag mal: Sternsinger? Weißt du, was unser Freund damit meint?", fragte Rike ihren Arie. Dieser schüttelte zunächst den Kopf und stellte dann eine Mutmaßung an: „Wir haben es schon von unserem Schlot aus gut. Wenn jemand die Sterne singen hört, dann wir, weil wir viel näher dran sind als alle anderen." Rike meinte nur: „Wir sollten jetzt gut schlafen, dann können wir das Schauspiel Morgen in aller Ruhe miterleben." Am darauffolgenden Tag war zunächst nichts von den erwarteten Sternsingern zu hören. „Was machen wir jetzt? Vielleicht beginnt alles erst am Abend oder in der Dunkelheit? Was denkst du?", fragte Rike mit leicht enttäuschter Stimme. „Kann sein, kann sein. Wo bleiben denn unsere Freunde heute nur? Mag sein, dass sie etwas davon gemerkt haben.", murmelte Arie vor sich hin. Den Tag über geschah wenig. Die Störche drehten ihre gewohnten Runden durch die Luft und waren für manchen aufmerksamen Beobachter schon fast eine Sensation, da es nach wie vor viel zu bald war für die Anwesenheit dieser Zeitgenossen. Mit dem Einbruch der Dunkelheit begannen die ersten Sterne zu funken. Arie und Rike flogen in der nochmals los, wozu sie sonst zu dieser Zeit nicht mehr dazu bereit waren. „Hörst du was bei den Sternen? Kann sein, dass sie ganz leise oder wir noch zu ungeduldig sind.", vermutete Arie und versuchte noch höher zu fliegen. Aber auch Rike sah besonders nicht den gewünschten Erfolg. Schließlich ging die Route zurück auf ihren Schlot, wo Rudmilla und Rodolfo schon sehnsüchtig auf sie warteten. „Wo und wann findet denn das

Singen der Sternen statt?", fragte Rike die beiden haben. Diese konnten sich vor Lachen nicht halten, lösten aber das Rätsel ganz schnell auf. „Es heißt nicht, dass die Sterne singen, sondern dass die Sternsinger heute unterwegs sind. Das ist etwas ganz anderes, meine Liebe.", erklärte Rodolfo. Als dieser mit seinen Erläuterungen fertig war, zogen unterhalb des Fabrikschlotes eine kleine Truppe an Kindern und Erwachsenen vorbei. Die drei Kinder waren festlich gekleidet und trugen königliche Gewänder und eine Krone. Rudmilla forderte ihre Freude auf: „Seht ihr, das sind die drei Sternsinger. Kommt, wir folgen ihnen leise und unauffällig, dann können wir ganz bestimmt etwas von ihrem Singen miterleben." Das Vorhaben funktionierte und die beiden Störche und Raben haben freuten sich über die neuen Eindrücke und ganz besonders über die glückliche Atmosphäre, die von alledem ausging.

Arie, Rike und die Gute-Nacht-Geschichten von Rudolfo und Rudmilla

Eine sternenklare Nacht war es und das Mondlicht glitzerte über die weiten Flächen der Gärten und der Wälder, die sich an das alte Fabrikgebäude in der Nähe des Güterbahnhofes anschlossen. Die beiden Störche Arie und Rike fanden in diesen Tagen keine richtige Ruhe und freuten sich umso mehr, als ihre beiden Freunde Rudolfo und Rudmilla sie besuchen kamen. Auch ihnen ging es zu mitternächtlichen Stunde nicht viel anders und sie waren genauso wenig müde.

„Was gibt es in einem solchen Moment schöneres als sich Gute-Nacht-Geschichten zu erzählen?", schlug der Rabe Rodolfo vor. Sowohl Rudmilla als auch Arie und Rike waren von dieser Idee begeistert. Die Geschichtenstunde konnte also unmittelbar beginnen.

„Meine lieben Freunde, ich habe drei kleine Erzählungen für euch. Viel Freude beim

Zuhören.", fügte der Rabe hinzu und legte mit dem Erzählen los:

Was macht der Mond an Weihnachten?

Seichter Nebel legte sich wie ein Schleier über das Tal und die angrenzenden Berggipfel, als es begann dämmrig zu werden. Tagsüber hatte es die Sonne ab und zu bei wolkenlosem Himmel sehr gut gemeint und erinnerte an herrliche Sommertage. Durch den immer wiederkehrenden Regen war die Luft herrlich frisch, aber auch gleichzeitig sehr kalt. Kein Wunder für das Wetter Mitte Dezember zu einem Zeitpunkt, an dem hektische Betriebsamkeit zur Vorbereitung auf das Weihnachtsfest bei den Menschen im Dorf herrschte.

An diesen Tagen fehlte nur der Schnee, der nach wie vor auf sich warten ließ. Den Mond störte das nicht, denn Schnee und Mond waren seit jeher nicht gut auf einander zu sprechen. Während der Schnee überall sein wollte und bei seiner Präsenz stets im Mittelpunkt stand, war es beim Mond genau das Gegenteil der Fall.

Dieser verstand sein Meisterwerk im Umlaufen der vorgeschriebenen Bahn, die er tagein- und tagaus gerne immer wieder umkreiste. Kam Schnee dazwischen, dann wurde der Mond nervös, da er in seiner ruhigen Art unterbrochen wurde. Außerdem freute es ihn, wenn er die Erde ungestört beleuchten konnte. Er war geradezu ein wahrer Beleuchtungskünstler und seiner Kreativität waren keine Grenzen gesetzt.

Eine weitere besondere Eigenschaft des Mondes war seine ausgeprägte Auffassungs- und Beobachtungsgabe. Zwar konnte er nicht alles erfassen, was sich auf der Welt abspielte, aber das eine oder andere Detail blieb für ihn nicht unentdeckt.

Der Mond wusste von seinen Freunden, den Sternen, dass die Menschen in der Zeit vor dem Weihnachtsfest immer sehr aufgewühlt waren, weil es für viele ein ganz besonderer Zeitpunkt im Jahresablauf war. So verhielt es sich noch bis auf dem Kalenderblatt der 24. Dezember stand. Solange sich der Mond erinnern konnte (und den Mond gibt es bekanntlich schon sehr lange), hatte er in diesen Momenten immer ein unwohles und etwas trauriges Gefühl.

„Ich werde in diesen Tagen überhaupt nicht mehr wahrgenommen. Keiner fragt mehr nach Vollmond oder den anderen Mondphasen. Kein Mondkalender mehr, sondern nur noch Adventskalender, Weihnachten, Weihnachten und Weihnachten", brummelte der Mond vor sich hin. Wenn der Mond nachdenklich wurde, dann leuchtete er wesentlich weniger als sonst. Heute war dies besonders der Fall, gerade zu einem Zeitpunkt, an dem Freude und Unbeschwertheit auf der Tagesordnung standen.

In der Heiligennacht erscheint jedes Jahr aufs Neue bekanntermaßen der Weihnachtsstern, der den Weg zur Krippe aufzeigte. Der Weihnachtsstern war von besonderer Eleganz und Bedeutung, was auch dem Mond bewusst war. Noch bevor der Stern zum Einsatz kam, wollte der Mond ihm seinen großen Wunsch äußern und hoffte insgeheim, dass dieser von ihm erfüllt werden würde.

Heimlich und leise nutzt der Mond die Chance, sich hinter einer großen, dichten Wolke zu verstecken, um auf den Weihnachtsstern zu warten. Eine lange Wartezeit gab es nicht, denn der große Auftritt stand bevor, worauf sich der Weihnachtsstern sehr freute.

Wie aus dem Nichts begann der Mond zu sprechen: „Pst. Einen Augenblick bitte.", forderte der Mond den Weihnachtsstern auf.

„Ich habe keine Zeit. Die Welt wartet doch darauf, dass ich an das große Wunder erinnere.", gab der Weihnachtsstern zur Antwort.

„Ich, ich, ich…", stotterte der Mond.

„Was ich?", fragte der Stern nach und wurde immer nervöser, da die Zeit wirklich soweit war.

„Ich wollte mein Leben lang schon immer gerne deine Reise zum Christkind begleiten. Das alles macht mich jedes Jahr immer wieder aufs Neue neugierig.", fuhr der Mond mit einer leicht zittrigen Stimme fort.

„Schon gut. Das machen wir. Ein bisschen mehr Leuchtkraft kann ich nach all den Jahren selbst gut gebrauchen. Machen wir uns schnell auf den Weg.", beschwichtigte der Weihnachtsstern den immer noch aufgeregten Mond.

So kam es, dass in der Heiligennacht der Weihnachtsstern in diesem Jahr eine Begleitung bekommen hat. Nicht nur der Stern war viel heller als sonst, sondern auch runder. Den Menschen fiel dies bei der aktuell vorherrschenden Orientierungslosigkeit trotzdem deutlich auf. Allen war es eine besondere Freude nach dem Weihnachtsstern

Ausschau zu halten, da er ihnen Hoffnung und Zuversicht gab.

Zur Krönung des ganzen Geschehens gesellte sich auch noch Schnee dazu und es gab weiße Weihnachten. Im Laufe der Zeit wurden Mond und Schnee gute Freunde, weil neben einem Mond-Weihnachtsstern auch die weiße Pracht zum Christfest gehörte. Nun wissen wir, was der Mond an Weihnachten macht und können selbst mit Spannung darauf achten, ob wir nicht auch einmal etwas vom besonderen Weihnachtsstern entdecken können.

Der Schneemann und das Weißhörnchen

„Liebe Freundinnen und Freunde, damit ist unser diesjähriges Treffen erfolgreich beendet. Danke, dass ihr alle dabei ward und alles Gute bis zum nächsten Mal."

Das waren die Abschlussworte des Zauberers und Lehrmeisters Zirini, der wie jedes Jahr die Zusammenkunft aller Weißhörnchen organisierte, die nun wieder ihren Heimweg antraten.

Übrigens sind Weißhörnchen eine ganz spezielle Art von Eichhörnchen, da diese, wie der Name schon sagt, vollkommen weiß sind und somit nicht immer die optimale Tarnung in der Natur haben.

Eines der Besucher war das Weißhörnchen vom Berge, welches sich den alten Nussbaum in unmittelbarer Nähe zu einem nostalgischen Spielzeugladen in einer Kleinstadt als Lebensmittelpunkt ausgewählt hatte. Der Nussbaum bot dem Weißhörnchen das passende Versteck und war gleichzeitig auch eine geeignete Stelle, um das Tagesgeschehen gut zu beobachten, weil Weißhörnchen neugierige Zeitgenossen sind. In diesen Tagen bereitete es sich auf den herannahenden Winter vor und sammelte fleißig einen ausreichenden Vorrat an Nüssen, um die nächste Zeit sicher und gut zu überbrücken.

Bereits Ende November setzte der erste Schneefall ein, der stets kräftigen Nachschub bekam.

Rechtzeitig wurde das große Schaufenster vom nostalgischen Spielzeugladen für die folgende Weihnachtszeit umgestaltet. Neben liebvollen Dekorationen mit einer Vielzahl an Lichtern gab es jede Menge Spielsachen, die jedes Kinderherz höherschlagen ließ.

Eines überraschend ruhigen Spätnachmittags wagte das Weißhörnchen einen spontanen, wenn auch nur kurzen Blick, in das Schaufenster und traute seinen Augen kaum.

„Das darf doch nicht wahr sein! Da sind Eichhörnchen ausgestellt und die sind gar nicht weiß, sondern braun, rot oder schwarz. Die müssen sich getäuscht haben, denn Eichhörnchen sind bekanntermaßen doch alle weiß.", dachte sich das Weißhörnchen vom Berge und huschte kurz darauf wieder in sein Versteck in den alten Nussbaum zurück.

In den nächsten Stunden schneite es kräftig weiter, was für das Weißhörnchen Grund genug war, den Tag gemütlich in seinem Bau zu verbringen. Sehen konnte man sowieso nichts, weil die Schneeflocken groß und dicht waren. Erst zur Mittagszeit ließ der Schneefall nach und das Weißhörnchen wagte einen vorsichtigen Blick nach draußen. Vor dem Schaufenster des Spielzeugladens war ein Schneemann mit großer Mohrrübe als Nase und zwei Briketts als Augen zu erkennen. Zusätzlich zierte ein großer Ast diesen zu seiner rechten Seite.

Das Weißhörnchen sprang aus seinem Bau auf den Kopf des Schneemanns und bekam prompt folgendes zu hören: „Nicht doch. Das kitzelt. Bitte aufhören." Erschrocken machte das Weißhörnchen einen großen Satz nach unten auf den schneebedeckten Boden und schaute andächtig zum Schneemann empor.

„Hallo und gestatten: Schneeflockus von Wolkenhausen. Freut mich, deine

Bekanntschaft zu machen.", sprach dieser zum Eichhörnchen.

Das Weißhörnchen war verdutzt und gab nach kurzer Zeit selbstbewusst zur Antwort: „Weißhörnchen vom Berge. Die Freude ist ganz meinerseits."

„Danke. Ach, so ein Wintertag ist herrlich und ich muss nicht in der Schneemaschine von Schnobi Schneebär verharren."

„Schnobi, welcher Bär? Was meinst du genau?", fragte das Weißhörnchen beim Schneemann erstaunt nach.

„Na, Schnobi Schneebär. Den kennt doch jeder! Dank seiner genialen Schneemaschine bin ich auf der Erde und dank der Freude der Kinder am Schnee ein Schneemann.", erklärt Schneeflockus von Wolkenhausen.

Dem Weißhörnchen beschäftigte eine andere Sache. „Sag mal. Darf ich dich noch was fragen?", sprach das es zögerlich.

„Gerne, nur zu. Ich weiß nicht alles, aber Manches habe in meinem Schneedasein bestimmt schon erlebt."

„Mir ist aufgefallen, dass im Schaufenster verschiedene Eichhörnchen ausgestellt sind, die alle eine andere Farbe haben. Ich dachte immer, dass Eichhörnchen weiß sind und daher Weißhörnchen genannt werden.", erzählte das Eichhörnchen munter weiter.

„Nun, mein lieber Freund. Das kann ich dir erklären: Eichhörnchen haben braun, dunkelrot oder schwarz als Hauptfarbe. Nur ganz wenige sind mit einer weißen Farbe auf die Welt gekommen. Es gibt Länder, in denen gelten weiße Eichhörnchen als große Glücksbringer.", erklärte Schneeflockus von Wolkenhausen.

Das Weißhörnchen bekam immer größere Augen und staunte nicht schlecht.

„Heißt das, dass ich ein ganz besonderes Eichhörnchen bin? Bitte erzähl mir alles, was du dazu weißt. Nun sag schon endlich!", forderte das Weißhörnchen den Schneemann eindringlich auf.

Dieser berichtete weiter bis er folgenden Schlussgedanken äußerte: „Wenn du als Glücksbringer tätig bist, hast du eine wichtige Aufgabe. Ein Weißhörnchen darf das unbeschreibliche Glücksgefühl überall verbreiten. Du brauchst nur deine gewohnten Runden drehen. Das reicht aus!", erläuterte Schneeflockus von Wolkenhausen.

Als das Weißhörnchen dies hörte, fühlte es sich geehrt und war über diese Aufgabe selbst überglücklich.

Grund genug, als Glücksbringer unterwegs zu sein. Das Weißhörnchen war zufrieden damit, da es die Menschen in der kleinen Stadt sehr glücklich machte.

Von diesen Eindrücken geprägt wünschte es sich nichts sehnlicher, als dass auch seine Weißhörnchen-Freunde überall auf der Welt allen eine glückliche und zufriedene Stimmung schenkten.

Was passiert mit der Zeit, wenn sie vergeht?

Uhi Aufziehwerk führte den kleinen Uhrenladen mit Reparaturwerkstatt bereits in der vierten Generation. In dem verträumten Städtchen war sein Geschäft nicht wegzudenken, da es immer wieder Kunden aus Nah und Fern gab, die ihre defekten Uhren beim Uhrmachermeister vorbeibrachten. In der Auslage des Lädchens gab es stets ganz besondere Uhren zu bestaunen, darunter nur Einzelstücke und diese meistens aus früheren Jahren.

Uhi selbst war ein Mensch mittleren Alters, der Wert auf seine Handwerkskunst legte und diese mit großer Leidenschaft bei allen Reparaturaufträgen ausübte.

In der Zeit zwischen den Jahren gab es besonders viel zu tun. Hier hatten zahlreiche Menschen die Gelegenheit zum Aufräumen und Entrümpeln und wie es der Zufall so will, fanden sich oft defekte Uhren, die zu schade zum Entsorgen waren.

Meister Aufziehwerk freute sich über die Aufgaben, die ihn gerade in diesen Tagen von seiner Nachdenklichkeit ablenkten. Zwischen Weihnachten und Silvester waren die Stunden für ihn oft mit Wehmut versehen, da ihm gerade hier bewusst wurde, wie schnell ein Jahr vergehen konnte und wie viel man entweder Zeit verloren oder sinnlos verbracht hatte.

Kürzlich besuchte ihn ein merkwürdiger Kunde, der eine außergewöhnliche Uhr mitbrachte. Es handelte sich um eine mechanische Taschenuhr, die kein Zifferblatt hatte.

Meister Aufziehwerk fragte bewusst nach: „Sie sind sich sicher, dass ich nur das Werk reparieren soll? Es fehlt doch das entscheidende Teil an Ihrer Uhr, nämlich das Zifferblatt."

Der Kunde mit Namen Bene Klingel gab kurz zur Antwort: „Nein, nein, das ist schon richtig so. Ich brauche das Zifferblatt nicht. Wundern

Sie sich nicht. Wann darf ich die Uhr wieder abholen?"

„In ein paar Tagen bin ich auf jeden Fall fertig damit. Kostet auch nicht zu viel, weil ich die Ersatzteile alle vorrätig habe.", erklärte der Uhrmachermeister und war froh, dass dieser Zeitgenosse wieder seinen Laden verlassen hatte. Es war ihm ein wenig ungeheuer, weil der Kunde im komplett grünen Anzug und mit einer grünen Sonnenbrille zudem einen distanzierten Eindruck hinterlassen hatte.

Uhi machte sich noch am gleichen Tag an die Arbeit, denn das Wetter war alles andere als einladend und was ist an einem grauen und tristen Tag besser, als die Uhren anderer Leute zu reparieren?

„Irgendwie öffnet sich der Deckel nicht richtig.", murmelte der Uhrmachermeister vor sich hin und suchte verzweifelt nach einem anderen und besser geeigneten Werkzeug. Dieser traute seinen Augen nicht schlecht, als der Deckel schließlich offen war und sich dahinter ein kleiner Zettel befand. Sachte faltete er das Papierstück auseinander und begann zu lesen: „Was passiert mit der Zeit, wenn sie vergeht?" Mehr war an Informationen nicht zu finden. Uhi war sehr überrascht, eine solche Meldung zu lesen und wusste beim besten Willen nicht, ob er Herrn Klingel über den merkwürdigen Fund umgehend informieren sollte.

Meister Aufziehwerk ging dann doch erstmal seiner Arbeit nach und schaute immer wieder auf den beigelegten Zettel. Auch er hatte keine Antwort auf diese Frage, obwohl er sie sich selbst auch schon öfters gestellt hatte. „Was soll mit der Zeit schon passieren? Keine Ahnung. Sie ist bekanntlich nicht unendlich.", grummelte er vor sich hin und legte die fertige Taschenuhr ohne Zifferblätter auf den Werktisch.

In der darauffolgenden Nacht hatte Uhi einen seltsamen Traum. Er stand an einem Ufer und vor ihm war ein riesiger Ozean zu entdecken.

Wie es der Zufall so will, kam ihm gerade jetzt die Frage aus der Uhr wieder in den Sinn. Plötzlich erschien eine alte Fischersfrau neben ihm. „Du willst wissen, was mit der Zeit passiert, wenn sie vergeht? Die Zeit ist wie der Ozean. Mal kommt und mal geht sie, wie die Wellenbewegungen. Wenn sie verschwindet, wird sie eins mit dem Wasser und bringt die herrlichsten Meeresbewohner und Meerespflanzen zum Vorschein. Die Zeit ist nicht unbegrenzt, aber nur wer sie richtig nutzt, der kann Früchte draus tragen." Das waren die Gedanken der Fischersfrau, die ohne eine Reaktion von Uhi abzuwarten, wieder verschwand.

Es folgten noch zwei Nächte, die der Uhrmachermeister mit weiteren Träumen verbrachte. Immer und immer wieder ging es um die Frage, die er auf dem Zettel in der Uhr von Bene Klingel gefunden hatte.

In seinem heutigen Traum stand dieser vor einer riesigen Bergkette, deren Gipfel alle mit

Schnee bedeckt waren. Hier traf der Uhrmachermeister einen alten Schäfer, der gerade dabei war, seine Schafe auf die Weide zu führen.

„Wenn du dich fragst, was mit der Zeit passiert, wenn sie vergeht, dann will ich dir eine Antwort geben. Die Zeit zieht sich auf die Gipfel der Berge zurück. Dort wird sie sich ausruhen, weil man verlernt hat, diese sinnvoll zu nutzen. Die Menschen haben viele unüberlegte Gedanken, aus denen schnell schlechte Gewohnheiten oder gar böse Aktionen im Großen wie im Kleinen werden. Die Zeit gibt den Menschen zwar immer wieder neue Chancen, aber sie bleiben oft ungenutzt oder ohne die notwendige Einsicht zum Umdenken."

In der dritten Nacht befand sich der Uhrmachermeister vor einem großen Waldstück. Beim Treffen einer Zwergen-Familie ging es ein weiteres Mal um die Frage, was mit der Zeit passiert, wenn sie vergeht.

„Mein lieber Freund: Die Zeit begibt sich hier in den Wald. Dieser ist schließlich ein Inbegriff für Ende und Neubeginn zugleich. Bäume entstehen, wachsen, werden älter und finden am Schluss ihre Ruhe. Verlerne und vergiss nie, dass die Zeit ein besonderes Geschenk ist, das dir gegeben wird. Nicht jede Zeit ist gut, aber jede Zeit hält immer für dich Erfahrungen bereit. Diese sind neben deinen Erinnerungen an unbeschwerte Tage ein wichtiger Bestandteil in deinem Leben. Ist eine Lebensphase noch so schwer und ausweglos, versuche trotzdem weiterzumachen. So wie der Wald, denn dieser gibt nie auf!"

Mit diesen Gedanken verließ die Zwergen-Familie den Uhrmachermeister Uhi wieder und er erwachte aus seinem Traum.

Heute war der Tag zum Wechsel in das neue Jahr und Gelegenheit genug, über die sinnvolle Nutzung der geschenkten Zeit nachzudenken. Uhi Aufziehwerk öffnete zum Neujahr nochmals die Taschenuhr von Bene Klingel und legte einen zweiten handgeschriebenen Zettel mit folgendem Satz dazu:

Zeit vergeht nicht, sie kommt
immer wieder zu dir.
Nimm dieses wertvolle Geschenk an
und mache etwas daraus.

Danksagung

Von ganzem Herzen danke ich meiner geliebten Frau Martina für die Ideen, das Lektorat und besonders für das äußerst gelungene Titelbild zu den Kurzgeschichten der beiden Störche Arie und Rike.